VÉSPERAS

VÉSPERAS

[uma história de ônibus e nada mais]

Guilherme Derenievicz

SENDAS
edições

Editor: Sálvio Nienkötter
Editores-assistentes: Raul K. Souza e Valsui Júnior
Editoração: Bárbara Tanaka
Capa: Cleber Orsioli
Produção: Cristiane Nienkötter

Dados Internacionais de Catalogação na Publicação (CIP)
Andreia de Almeida CRB-8/7889

Derenievicz, Guilherme
Vésperas : uma história de ônibus e nada mais / Guilherme Derenievicz. -- Curitiba : Sendas Edições, 2018.
152 p.

ISBN 978-85-68462-83-6

1. Ficção brasileira I. Título

CDD B869.3

Sendas Edições é um selo da Kotter Editorial.

Sendas Edições
Rua das Cerejeiras, 194
CEP 82700-510 | Curitiba/PR
+ 55 41 3585-5161
www.sendasedicoes.com.br | contato@kotter.com.br

Feito o depósito legal
1ª Edição
2018

para Tatiana,

minha Véspera

e meu Natal.

SUMÁRIO

PRÓLOGO

[Quanto tempo dura uma história]

Doces segundos declamados num livro de poesias.
Breves momentos como brisa nos lábios do trovador.
Fabulosas horas de um romance velho e mofado.
Ou dias esmagados por inúmeros versos de eternas epopeias.

Uma história não dura o tempo que é lida.
Permanece história enquanto durar.
E dura o tempo que for.

Aquela poesia de duas linhas tremidas e mal escritas já duravam mil dias...

VÉSPERAS

[Buracos negros em telescópios]

No ponto de ônibus o frio me faz invisível.

Na ausência de corpo quente e bem-estar, sou nada mais que um punhado de lembranças arremessadas ao vento gelado. Nem parece que minutos atrás ela era eu:

Apoiada com os cotovelos na janela do andar de cima observava sem interesse a mancha alaranjada de nuvens no horizonte entardecido. Os olhos, buracos negros em telescópios, tão longe do presente quanto seus sonhos embolorados. Se respirava, era porque sem querer o fazia. E se gostava, ainda não conseguia entender.

Mas o vento que a todos inspira fechou seus olhos noturnos.

E ela lembrou-se de tudo...

[A chuva aqui de dentro]

Naquele fim de tarde a chuva caía como se o céu quisesse morar no chão. E sob aquele velho toldozinho azul que desbotadamente enfeitava a pequena loja de antiguidades éramos dois universos abraçados. Se nos protegíamos da chuva ali de fora ou da tempestade que há dentro da gente, eu não saberia dizer.

Em seus braços, sentia meu tempo deformar-se: de repente horas eram segundos, e os olhos não piscavam mais. Os pés úmidos da chuva que invadia o toldozinho não incomodavam; não haveria febre no dia seguinte. Éramos como duas mãos que tocam o mesmo piano. E como dois dedos que seguram o mesmo pincel. Éramos duas esculturas caladas e imóveis que apenas sentiam a colisão de seus universos infinitos e que se saíssem na chuva derreteriam, pois eu era de sal, e ela o oposto.

Mas o tempo castiga aqueles que não o percebe passar. E quando nos demos conta a noite já nos deleitava com sua doce companhia. Foi então que percebi: a chuva ali de fora havia cessado há muito tempo; bem como a chuva aqui de dentro.

[À noite]

Caminhamos por aquela cidade de postes amarelos como fossem fotografias em tons de sépia. Sabíamos que todo momento tem seu fim, exceto aquele que é fotografado.

E assim, com os pés no resquício de chuva acumulada na calçada, lembrei-me de quando criança, das pedras, do mar e do acidente:

[Afogar-se]

Quando ela me beijou — eu não o faria sem a certeza de reciprocidade — foi como afogar-se num mar tempestuoso.

Meus pés escorregaram da pedra úmida e minhas mãos agarraram-se inutilmente em nada. Apenas um desespero. A certeza de que bastaria abrir os olhos pra voltar ao mundo real.

E se meus olhos estavam abertos, enxergando apenas escuridão, foi então que os fechei de vez. A água gelada e turbulenta me envolvia, engolindo-me como se estivesse alimentando o próprio oceano.

Tentei balançar os braços e voltar à superfície. Não respirava, entregando-me pouco a pouco ao mar em tempestade. Quando senti o ar em meu rosto, abri os olhos e tentei respirar. Mas o que vi me assombrou: o verdadeiro medo do mar. A água jorrando nas pedras escuras e monstruosas, o barulho de ondas que estouravam como trovão (e a cada estouro um novo afogamento). Não conseguia respirar. O pulmão vazio, mas o coração cheio.

Engoli água de sal. Arderam-me os olhos, a garganta, o nariz, o peito... Fechei novamente os olhos; eles já não viam mais vida, apenas a noite que há no fundo do mar. Respirei como devia ter respirado na origem do mar: como peixe.

Abri os olhos e a tempestade lá em cima tornara-se invisível. O fundo do oceano é calmo e estranhamente azul. É como o céu que há depois das nuvens, onde nunca chove ou escurece.

E ali, respirando a água doce de um mar salgado, consegui sorrir uma última vez, para então afundar-me definitivamente...

Abri os olhos. Era apenas um beijo.

[Espinhos]

O som da rua não há.

Há a canção do passado, presa em raízes que crescem até o céu.

Há o grito da saudade, como verso inflamado de um texto mal escrito.

Há sal. E sede.

Onde vai?, perguntei, mesmo sabendo a resposta.

Logo ali.

E ali é longe?

[Dores de Vésperas]

Quando disse até logo, num abraço rápido e sem intimidade, não esperava vê-la novamente. Era sempre assim. As coisas aconteciam como sempre foram: vésperas. Nada mais. E nada menos.

Havia aquela vontade de adiantar os ponteiros, pular a ansiedade, as dores de vésperas. Mas cada momento com ela era como o último segundo respirado, carregando todas as lembranças, sonhos e remorsos a sete palmos no chão.

E em meio a tantos sentimentos controversos e casuais, mas fortes como aqueles que nos levam à loucura, arrisquei-me a olhar para trás, talvez para despedir-me de verdade, sabendo que ela ía para nunca mais voltar.

Foi então que notei.

Cada passo que se distanciava, em meu coração um latejar. Mesmo assim eu sorria. Amar nos trás um sentimento confortável.

E quando ela sumiu no horizonte — nesse momento achei vê-la virar-se para me olhar uma última vez — desabei em realidade.

Voltei para casa num ônibus de bancos amarelos.

[O mesmo céu]

Pudessem meus olhos daltônicos enxergar todas as cores do universo, cada uma das cores que compõem todos aqueles mares de estrelas e planetas, e notar a diferença entre o vermelho de Andrômeda e o verde de Centauros...

Seríamos como prismas (eu e meus olhos), transformando toda aquela luz em cores tão vivas e concretas, para que finalmente entendêssemos as ressacas de suas águas cadentes.

Pudéssemos ser o inverso do vento (eu e os olhos dela), que não percebe cor alguma, pois ele mesmo é invisível aos olhos de quem vê.

Porque nossos olhos são os mesmos, quando olhamos para o mesmo céu.

Mas meus olhos daltônicos só enxergam preto. E alguns poucos pontos claros isolados na imensidão.

[Lembranças]

A casa de uma cidade não amanhecida, quieta e isolada, não é um refúgio mais seguro que um ônibus vazio e sonolento da madrugada.

Há espaço para tantas coisas abandonadas. Lembranças que torcem a carne por si só. Pedaços de possíveis vidas perdidas em más escolhas, em tentativas frustradas, em pessoas impermeáveis.

Naquele banco encardido, o frio me invadindo por frestas invisíveis, convencia-me que estava tudo bem. Mas a pessoa mais difícil de se convencer é sempre si mesma.

Se não estava tudo bem, que ao menos tivesse sido, quem sabe, no início daquela história torta e mal contada. Antes daquela noite. Antes de tudo. Quando a vi pela primeira vez...

[Ipês amarelos]

Aquele caminho dos ipês amarelos era o meu favorito. Não pelas árvores que choviam flores perfumadas e atapetavam a calçada com cores de agosto, mas por aquele ser o caminho de casa; o pequeno trajeto pelo qual me arrastava todos os dias até o ponto do ônibus.

Quantas pessoas cruzaram minha vida naquele ponto, fosse por um rápido olhar, uma simples pergunta, ou menos que isso? Não sei dizer. Mas, com certeza, foram menos que as quais cruzaram por mim dentro do ônibus, sentadas ao meu lado, pedindo licença, olhando-me com o canto dos olhos.

O importante nessa história é que não me recordo de nenhuma dessas pessoas. Não me lembro de seus rostos ou de suas presenças. De ninguém com quem me encontrei no ponto, nem com as quais compartilhei o ônibus.

Esqueci-me de todos, exceto dela.

[Bordados de avó]

Naquela tarde embarquei como de costume. Fiquei em pé, pois todos os assentos estavam ocupados. Apreciei a paisagem urbana pela janela à minha frente e, então, percebi a pessoa que acabara de embarcar.

Ela entrou com um sorriso desajeitado, algo entre a timidez e a simpatia. Seus cabelos ondulados, acima dos ombros e dividido na esquerda, eram de cores indecifráveis. Seus olhos, buracos negros em telescópios, seriam tristeza cravada no tempo, não fosse por aquele leve sorriso invisível.

Ficou em pé, perto de mim, mas não me notou. Não me importei, pois via o resquício de seu sorriso pelo reflexo da janela, e apenas aquilo me bastava.

Um assento então ficou livre e ela se sentou. Abriu sua mochila e retirou um livro. Reparei na mochila: de pano com detalhes que pareciam desenhos bordados à mão, como aqueles que minha avó fazia e que se perderam na lembrança do tempo. E o livro? *A Metamorfose*, de Franz Kafka. Eu não lera, mas um amigo me dissera que é bom.

Cheguei em meu ponto, tão rapidamente quanto jamais desejara. Segui à porta mais próxima e, numa última olhada, disse adeus com meus olhos terminais.

Achei que nunca mais iria vê-la.

[Frio]

A pior parte em ouvir acordes ressoando no céu quando vemos alguém com olhos tão profundos é que aquelas notas continuam em nossos ouvidos, criando lembranças e vontades.

A mão machucada insistia em segurar a pena, movendo-se suavemente sobre o papel branco, derramando a tinta como sangue na geada. Ela, trêmula, tentava expressar o que apenas eu via naquele papel vazio:

Uma mente vazia.

Olhos de difíceis contornos.

Cabelos de movimentos leves.

Lábios macios.

Enquanto isso, no papel esquecido, apenas a sombra da lembrança que me restava. O rosto não a lembrava, mas a expressão era a mesma: serena, distante, esquecida.

Eu só gostaria de desenhá-la, para nunca mais esquecer sua face.

Mas o frio não me deixou.

[Um par de óculos embaçados]

Estava tudo bem.

De volta em meu ônibus de bancos amarelos, tentava afastar as lembranças envelhecidas. Horas atrás, sob aquele velho toldozinho desbotado, havia esquecido como tudo começara.

Enterrara-me em derrotas, angústias e memórias. As carcaças desfeitas em areia. E os ossos rachados como um espelho tomado de mau agouro.

Restava-me apenas um epitáfio, escrito às pressas, na duração daquele olhar. Mas que descrevia-me de ponta a ponta, cada detalhe. Não descrevia as derrotas, as angústias ou as memórias. Nem os restos, as carcaças ou os ossos.

Descrevia somente o que passou a existir depois daqueles olhos profundos escondidos atrás de um par de óculos embaçados.

[Solidão]

A madrugada daquela cidade era clara como um dia de domingo.

Às vezes é preciso do escuro. Esconder-se no fundo do poço, longe das luzes de postes, casas ou sirenes. É preciso esquecer-se dos olhos, da lucidez e fingir que já não somos. Porque quando não há como fugir das fotografias de postes amarelos, deixamos de ser definitivamente.

Eu já não mais me era.

Eu era ela. E ela não queria ser eu.

Livrava-se de mim como se eu fosse doença ruim e contagiosa. Livrava-se de mim como sangue depois da morte, como bicho subindo na roupa, como pensamento bom na crise de pânico...

Livrava-se de mim como nos livramos de um trauma de infância.

[O Sótão]

Quando criança eu não entendia por que, no sótão de casa, havia uma árvore de Natal que durava o ano todo.

Fosse primavera ou outono, o pinheirinho continuava lá, exuberante e misterioso. As luzes piscavam, azuis e amarelas, como fossem reflexos ou vagalumes. As bolinhas coloridas e anjinhos de gesso enfeitavam cada galho simetricamente, agrupados em camadas que subiam em meio a flocos de neve até o topo, onde havia uma grande estrela de cinco pontas.

Eu me sentava no tapete observando e me perguntando como ali, naquele sótão abandonado, poderia ser Natal o ano inteiro.

Já me ocorrera que o tempo ali não passava, que a sala estava presa no mesmo dia (ou mesma noite?) desde que fora abandonada pelos adultos, que não subiam mais no sótão por terem agora uma sala no andar de baixo, ao lado da cozinha.

Mas, eu me perguntava, seria ali Natal ou Véspera?

Certa vez tomei escondido algumas meias grandes e vermelhas da segunda gaveta da cômoda que havia no quarto de meus pais e pendurei-as na lareira do sótão, ao lado da árvore de Natal. No dia seguinte — e em todos os outros desde então — elas permaneceram vazias.

Ali não era Natal, não ainda.

O tempo estava preso algumas horas antes das crianças irem dormir, quando só então o bom velhinho — que eu sempre achei existir, embora duvidasse que fosse capaz de entrar pela chaminé e visitar todas as casas em uma única noite, mesmo aceitando, sem sombra de dúvidas, que voasse num trenó — apareceria para encher as meias.

Ali não era Natal, era uma espera. E um sótão que permanece esperando, dia após dia, não é lugar para uma criança que anseia pelo Natal.

Muitas vezes, quando tinha que esperar minha mãe voltar do trabalho ou meus amigos chegarem para minha festa de aniversário, eu corria até o sótão e ali, junto da árvore e das meias vermelhas agora emboloradas, permanecia esperando como aquela sala. Só mais tarde entendi por que, ao descer encontrar minha mãe ou meus amigos, eu tinha que esperar tudo de volta. No sótão não havia tempo, eu não havia esperado nada.

Com o tempo aquele sótão que também era recheado de livros antigos e coisas que para crianças são tesouros, tornou-se exatamente o que era: o lugar que eu visitava antes de outras coisas, como se visita a árvore e o presépio no dia anterior ao Natal.

Subia aquelas escadas antes de sair de férias para a casa de minha avó, antes de meu pai me levar brincar com os amigos, antes do primeiro dia de aula depois das férias, antes das provas do final do ano, antes de beijar a garota bonita da vizinhança, antes das festas que haviam na praça do centro, antes da minha formatura, antes de pegar aque-

le ônibus por acaso, antes do último Natal com meu avô, antes do sótão ser demolido...

Eu já me esquecera, há muito tempo, por que sempre subia ali. Não havia mais árvore de Natal, luzes azuis e amarelas ou mesmo as meias emboloradas na lareira.

Aquele sótão, para mim, sempre estivera abandonado (e talvez fosse isso que mais me lembrasse o Natal). Era nada mais que uma espera. Um paradoxo.

Aquele sótão não era Natal, era uma Véspera.

[Mais lembranças]

Se como pra esquecer o que a vida não me permitiu, queria trabalhar no porto.

Solidão numa cidade diferente, na companhia apenas de passado. Ouvir pessoas conversarem entre si e sentir o frio da neblina úmida da manhã, no ônibus até o trabalho.

Passar o dia sem existir. E à noite, ao deitar, latidos na vizinhança: cães que oram por vida.

Queria contá-la uma daquelas histórias que a fazia rir como criança, mas a garganta estava sufocada por palavras não ditas. A voz tão fraca quanto as histórias nunca contadas.

Eu lembrava: o nosso segundo encontro fora o mais importante.

Quando nos vimos pela segunda vez foi tudo estranhamente igual, mas diferente. Havia uma poesia de duas linhas tremidas e mal escritas, e olhos que não terminavam. Mas essa história fica para depois...

Agora, chegando em meu ponto final, restava-me apenas continuar o caminho com minhas próprias pernas. Aquelas lembranças castigantes não me abandonavam e mais uma vez voltei ao passado. Não ao primeiro ou ao segundo encontro, mas ao terceiro:

[Reencontro]

No ônibus somos ausentes.

Não existimos nem mesmo para nós; o corpo comporta-se sozinho.

Distantes, lembramos de muitas coisas (ou fingimos que o fazemos). Os sentidos são inúteis. Não vemos ou ouvimos. Não sentimos. Não somos.

Me pergunto: quantas vezes o corpo deixa de nos avisar que ali, na nossa frente, está alguém por quem temos procurado há tanto tempo? É o castigo por vivermos demasiadamente no passado, esquecendo de olhar em volta, pela janela do ônibus.

Nunca me ocorreu, no entanto, duvidar do acaso, das incontáveis possibilidades que podem acontecer, e a quem elas podem nos levar.

Naquela manhã eu olhei pela janela, e finalmente a reencontrei. Olhava pra mim como se o mesmo acaso acontecesse com ela. Seus olhos infinitos. E seus cabelos de muitos mares.

Corri.

Bati à porta que acabara de fechar, e gritei.

(agora era eu, e não mais o acaso)

A porta novamente se abriu, e ali eu soube:

Seu sorriso me adoentara.

[Mil dias]

Eu contara os dias, todos.

Não quantos poderiam faltar, mas quantos já haviam se passado.

Não podemos precisar quando as coisas irão acontecer — não controlamos direito nem mesmo nossos passos, quanto mais os de outrem. Mas podemos esperar, e contar.

Se tudo tem o seu tempo, ou se não é nada mais que o acaso — que é, aliás, tão magistral quanto as coisas predestinadas — nunca saberemos. Ao menos que contemos.

Aquela contagem já passava de mil dias.

Não porque fosse uma contagem regressiva, mas porque contava o quanto se passou.

E era um bocado de tempo...

[Encontrar quem não existe]

Encontrar quem não existe não é o final das histórias bonitas. É a pior das prisões.

É perder-se dentro de si, desencontrar o alívio de respirar sem doer os pulmões e sangrar sob anestesia sem poder virar os olhos. É ver-se sorrir de forma boba para o vazio, e aquele mesmo sorriso desfazer-se em rugas, em olhos escondidos atrás de um par de óculos embaçados.

É sentir que finalmente alcançou a cura, quando na verdade não passa de um último suspiro. É observar com olhos distantes os pingos de chuva que brilham na calçada durante a noite e acreditar que são estrelas ou vagalumes.

É sentir que não se está só, quando na verdade é apenas o vento.

Encontrar quem não existe não é o final das histórias bonitas.

É o início de uma doença mortal e incurável.

É querer viver para sempre...

[As histórias mais terríveis]

Quando se lembra que estava lembrando (e do que estava lembrando) é esta a pior das lembranças.

Não se lembra apenas do fato, mas do que sentia, do aperto no peito que as lembranças podem trazer; frias como a face de um defunto ou como não reconhecer o rosto de um amor acabado, depois de muitos anos.

Ao despedir-me daquele ônibus que me arrastara do encontro sob o toldozinho à solidão que é uma pessoa abandonada, a noite fazia-se minha única companhia.

Há alguém mais solitária que ela?

Sempre vazia, rejeitada por aqueles que a temem.

Que perigo ela oferece, afinal?

Contadora das historias mais terríveis, mas também dos amores mais belos (que não deixam de ser as histórias mais terríveis).

Atravessei a madrugada como se eu não existisse. Lembrar de nossa felicidade era ainda pior. Machucava como uma doença peçonhenta, como um olhar de desprezo ou decepção.

Meu estômago sempre foi o pior lugar para se viver...

[Amar]

Aqueles dias de mar.

À luz trêmula da fogueira, na areia, fundíamo-nos às estrelas. Deixávamos a tristeza ali, no mar escuro da noite; invisível, vazio. E encharcávamo-nos da alegria de sermos um só ser.

O céu noturno sempre me amedrontara. Parecia um pouco com o final de todas as histórias. Mas aquela garoa fina que resolvera nos acariciar levemente lembrou-me de como aquela história era improvável.

Improvável e bela.

Amanhecemos com os corpos deitados na areia da praia.

[Policromia]

E o céu era azul porque era reflexo da cor do mar.

Daquele mar que na praia era esverdeado e nos dias de chuva de um cinza escuro. Que na noite era negro, tão negro quanto o espaço vazio; e pela manhã, na aurora, amarelo dourado. E em suas ondas brancas e espumadas carregadas pelo vento sem cor formavam as nuvens lá do alto.

O mar que quando se enfurecia criava raios e trovões. E que quando a maré avançava carregava a lua no céu estrelado. E as estrelas, por sua vez, eram todos aqueles peixes refletidos no firmamento que talvez nem existam mais. Mas quando os peixes todos fugiam do Leviatã, apenas sua luz, no dia claro, era visto na imensidão.

O mar que escorria pelos seus ombros em incontáveis fios.

Porque o mar não tem uma cor só.

E nem poderia tê-la o céu, reflexo da cor do mar.

[Duas sombras]

A praça em feira.

Havia risos, música, pessoas, mesas e sanduíches, dos mais variados.

Havia aquela manhã de domingo ensolarada, que nos lembra de tantos passados.

Havia duas sombras, lado a lado, de mãos dadas.

Quando tanta coisa há, não sobra espaço para o resto; nem solidão, tristeza ou saudade. Há, no fundo, apenas aquele momento; a felicidade de encontrar-se respirando depois de tanto tempo; de sentir a mão formigando com o calor alheio; de olhar não apenas aquela praça em feira, mas todo o universo em tons escuros de olhos de inverno.

Infeliz quem nunca se sentou num banco de praça, ouvindo a feira recitada por alegrias de jovens enamorados e de velhinhos emocionados com o fim de suas próprias histórias. Miserável criatura que trancou-se em si mesma, que não se permitiu estar acompanhada num banco de praça em feira. Maldita história que não contou aquele trecho no qual o protagonista não está sozinho — embora o protagonista nunca esteja de fato sozinho.

Eu estava, afinal, em muitas histórias, mas de nenhuma era protagonista.

A praça em feira.
Havia duas sombras, lado a lado, de mãos dadas.
De certa forma, ambas eram minhas.

[Paradoxos e saudade]

Quando nos separamos por alguns dias, sem mágoa ou intriga, vi duas sombras que afastavam-se sem rancor. Como se o sol se pusesse de ambos os lados, leste e oeste, duas sombras opostas que escorriam compridas em minha direção. Perdidas nas tristezas profundas do entardecer, aquelas últimas sombras do dia.

Virava-me de um lado a outro, chamando, na vã tentativa de apanhar o que não se pode, o que se escorre pelos dedos trêmulos de medos vazios. Lembrava-me de como a noite esconde tudo, inclusive nossas próprias presenças, e queria voltar os ponteiros para quando os dois sóis se sobrepunham bem em cima de mim, sem sombra, sem nada.

Mas tal desejo é de todos o mais perigoso, pois perturba o que o próprio tempo constrói: paradoxos e saudade.

Espera então que a noite se vá! Amanhã é dia novo e o sol nascerá de ambos os lados, leste e oeste. E uma vez mais decidirei respirar.

[Apaixonar-se]

A saudade sufoca ou aquece, como trancar-se num quarto em duas estações opostas.

Sufoca quem a sente sem esperança de reencontro; uma brasa que nunca se apaga e queima por dentro, uma dor solitária. Sufoca as histórias terminadas, as memórias inapagáveis, as dores sentidas sozinhas. As despedidas.

Para nós, no entanto, aquela saudade aquecia.

Atrasava os ponteiros mesmo que os quiséssemos adiantados. Ansiava nosso encontro como fossemos dois pedaços da mesma coisa.

A cada reencontro, o anseio pelo próximo.

Dependentes do ar expirado pelo pulmão alheio.

[Nossa própria montanha]

Um pedaço de lugar, um estar desapegado.

Cabeça leve, pensamento livre.

Uma paisagem que desmonta, um sopro de respiro, um lembrar-se de si.

Uma montanha: do outro lado do mundo ou a alguns metros de casa, aparecendo pela janela de forma tímida e discreta (algumas montanhas insistem em manter-se escondidas), de frente ao mar ou perto da laranjeira do bisavô, ocultada pela névoa ou invisível por sua grandiosidade, mergulhando no céu como se o mundo estivesse ao contrário.

Lá, na montanha, deixamos de ser mundo e tornamo-nos céu.

Ser metade
É finalmente
Sentir-se inteir@

[Felicidade]

Sorria com olhos calmos.
Não aquele riso evidente, para fora.
Mas um sorriso imperceptível.
Interno.
Da alma.
Com os olhos.
(e apenas eles)

A felicidade reencontrando-se dentro de si.

Eu sou você, ela disse.

[Orações]

A noite despedia-se.

Entrei em casa como alguém que entra numa derrota. Numa saudade infindável. Num mosteiro.

Ajoelhei-me.

E todas aquelas lembranças eram a mais sincera de minhas orações.

Não pedia por felicidade, pois sabia o que vinha depois (já vivera aquela repetição tantas vezes que se fazia parte de mim). Pelo contrário, ocorriam-me apenas as lembranças de como aquele amor foi se esvaindo, pouco a pouco.

Da promessa de que ela nunca mais seria eu.

E do nosso adeus...

(os pés úmidos da chuva que invadira o toldozinho começavam a incomodar; e vida e febre já não mais distinguiam-se)

[Seus olhos]

Um galho de Alecrim-do-Campo.
Enfiado num formigueiro de Sarassará.

[Ela]

Um asfalto costurado em retalhos de poesia.
Remendos de rimas, métricas e ritmos.
Feridas.
Uma curva de tecido asfáltico que inspirava tantos acidentes.

(eu não percebera, mas o acaso já havia nos abandonado)

[Feridas]

Feri-me com minha própria língua cega.
Abri um rasgo da garganta ao céu da boca.
As gengivas ardendo com a acidez de minha saliva extra-virgem de ranger os dentes.
O jeito era calar-me.
E não falar mais de meu amor.

[Adeus]

Já perdi-me nas contas de quantos adeus.

Alguns ditos com os olhos, sinceros, em prantos, em sorrisos. Outros ocultos, no silêncio, pelo fardo que é me acompanhar; ouvir tantas vezes a mesma história: uma história de ônibus e nada mais.

Talvez alguém, quem sabe, não me culpara por adoentar-se de forma tristonha e vazia; que o adeus seria a cura para o seu próprio vazio. Pobre de mim, incapaz de curar as feridas da vida, a ardência do frio.

Não teria me despedido se pudesse confortá-la, soubesse contá-la outras histórias, tivesse conhecido outras vidas.

Mas tantos adeus me fizeram esquecer-me de mim.

[Eu era invisível]

Não era por amar sem reciprocidade.

Era por não convencer. Por me importar mais do que podia expressar.

Não que faltasse esforço, jeito ou demonstração. É que ela apenas não se importava. E a quem não interessa um amor, ele é invisível.

Eu era invisível.

Ela não.

Ela era real.

[Era tudo o mesmo]

Por quanto tempo rastejei-me feito bicho peçonhento?

Inflamava-me no peito a saudade e o desejo. Sentimentos azedando no corpo. Palavras cravadas na garganta.

Aquele tempo também repetia-se, agora, após o encontro sob o toldozinho.

Achava que nunca mais rastejaria-me como fantasma por aquela cidade alheia, odiando que as histórias tivessem sempre que continuar.

Mas era tudo o mesmo.

Uma volta constante àquele rastejar-se pesaroso.

Uma redenção.

[Pela manhã]

Pensei em desistir.

Não de tudo, apenas daquilo que me destruía; daquilo que me fazia sentir pior que todo mundo; daquilo que me fazia acreditar profundamente que o que passou não fora exatamente uma vida, apenas um esperar o tempo passar.

À noite, como era de se esperar, o pensamento persistiu. Afinal, como faz para desistir daquilo que não te deixa viver? Vivendo? Isso não seria desistir. Muito pelo contrário, seria continuar no mesmo esperar o tempo passar de sempre.

Não se importar? Viver sem ligar para essa sensação de que não se está de fato vivendo? Isto pode parecer, à primeira vista, melhor do que desistir. Mas eu sabia: era impossível.

Desistir seria então não viver? Mas isso não seria continuar no mesmo estado? Teria desistido do que exatamente? Já não vivia desde que podia me lembrar.

Parei.

E, como todas as noites, apenas adormeci.

Nunca pensei que desistir seria tão difícil.

[Déjà vu]

Déjà vu de andar na chuva, na calçada escorregadia que brilha como o céu longe da cidade. A cabeça inclinada; os olhos ali, mas as lembranças distantes. Só, com meu guarda-chuva quebrado e meus pés úmidos.

Pisava naquele céu de pedras molhadas lembrando apenas das estrelas de tempos atrás: esse era mais belo; podia senti-lo, ouvi-lo, pisá-lo. O de antes era só uma imagem do passado, sem cor e sem vida... Mas ela estava comigo.

E agora era só eu, a chuva e meu guarda-chuva quebrado.

Vivendo um déjà vu após o outro.

[Arrependimento]

Parecíamos dois: eu e meu passado.

Andávamos pelas mesmas ruas, sentindo as mesmas saudades.

Dizem que a dor nos fortalece, mas a cada despedida era tudo mais artesiano.

Não havia camadas de defesa, apenas traumas que circundavam meu corpo como arame farpado.

Talvez não deveríamos ter nos encontrado novamente, por acaso, sob aquele velho toldozinho desbotado.

Talvez eu não pensasse mais se ela estaria bem — sabia que não estava, que vinha piorando a cada anoitecer.

Talvez não quisesse mais ver aqueles olhos infinitos, seu sorriso de mar.

Talvez eu não quisesse mais que ela fosse eu.

[Angústia]

Deformar-se.
A cabeça inclinada. O pescoço torto.
De vistas que encontram no chão maior conforto.
De sonhos que no pó fazem seu impenetrável refúgio.
De monstros nos ombros sussurrando derrotas.
De histórias queimadas avulsas.
De demoras.

[Desespero]

Apenas de passagem, notando detalhes e sobras de história. Nas paredes, nos bancos, nos passos apressados.

Cada um desvia os olhos do que o castiga, como verdugo de si. Eu, pelo contrário, era máscara branca sem face, procurando cicatrizes na calçada desbotada.

Queria lembrar uma daquelas histórias tortas que se fazem esquecer por vontade ou obrigação, mas essas histórias são justamente as que deixam de existir.

Como as cicatrizes.

[Desamparo]

Corredores silenciosos.

As paredes velhas e o cheiro de passado em todo lugar.

Aos poucos, adquirimos a habilidade de andar sem fazer barulho, pois nossos próprios passos parecem perder o som.

Somos fantasmas. Lembranças.

Somos apenas uma divisão por zero.

[Devaneio]

Eu era como alguém que perdeu a esperança por possibilidades.

Naquela rua silenciosa, como um mar calmo de outubro nublado, sentia aquele vento quente sugando minha ânsia por uma vida de cidade, de entardecer com céu alaranjado, de uma casa aconchegante com vistas para o mar de telhados abaixo.

Na loucura de desejar reviver o que passou aquela casa qualquer me parecia tão conhecida e especial. Pela grade, observava a garagem e a porta de entrada. Imaginava vê-la saindo para me atender, sorrindo, como fizera tantas vezes. Ansiosa por meu toque à campainha. Aquele sorriso sincero que não aparecia em fotos, mas que era como efeito de mim, e causa também.

Eu a amava.

Como ama-se um mar calmo de outono nublado.

[Para casa]

A rua que eu percorria toda noite entre o ponto do ônibus e minha casa era bela e fria. Fria porque o vento que ali soprava era recheado de lembranças e sonhos; pensamentos passados, mortos. E bela pelo mesmo motivo.

A noite estendia-se como um mar negro. A lua tentava aparecer entre as nuvens, mas a neblina que atapetava a rua envolvida de postes amarelos também avançava sobre o céu. O vento me esfriava o rosto, e quando tudo parecia triste demais e quieto demais, aquele trovão que insistia em clarear a cidade adormecida me lembrava como tudo poderia ter sido melhor. Mas não foi.

E se aquele clarão não fosse causa de relâmpagos angustiantes, mas de fogos de artifício num parque de diversões?

Se ao menos fosse Natal, haveria pisca-piscas e luzes de vagalumes, ao invés daquela fria neblina.

[Os dias passam, as vontades ficam]

Vontade de fugir das linhas de cadernos pútridos.
Passear no parque.
Um show nas ruínas São Francisco.
Ou uma peça num desses teatros envelhecidos.
Na feira, quem dera.
E na volta, é claro, visitar a livraria.

Vontade...
Dorme que passa.

[Repetia-se]

Repetia-se.

Como repetem-se os rostos e os anos.

Aquele ciclo insuportável que só notamos quando as histórias se acabam.

E recomeçam. E repetem-se.

Mas então nos deparamos com outras histórias, outros mundos, outras poesias, um outro céu (às vezes mais acinzentado). Deixamos de nos repetir e passamos a carregar um pouquinho daquele outro universo: o mar engolindo estrelas de cores imperceptíveis e a poesia derramada em novas formas de expressão.

O que segura nosso sorriso discreto é só nunca saber se também deixamos um pouco de nós nas histórias de outras pessoas.

Repetia-se.

Mas diferente do que era.

[Acampamento]

Estranhamente, eu gostava de temporais. Do uivo do vento, das árvores dançantes, dos trovões como gigantes.

Nos campos escuros ainda dia, o céu metamorfoseando-se. À noite, a casa sem luz; apenas uma vela, como antigamente. E debaixo do cobertor, uma frágil e enganosa proteção.

Eu gostava de coisas lá fora, acontecendo.

Meio que em contraste com o silêncio aqui de dentro, onde nada, hora alguma, acontecia.

[Tantas coisas]

Eu tinha tantas coisas para dizer, contar, perguntar...

Mas esqueci todas.

Lembrei apenas, em meio à confusão de olhá-la nos olhos depois de tanto tempo, que talvez nunca havia a olhado nos olhos de fato. E por não lembrar de mais nada, me vi ali, observando o trajeto pelo qual viemos, onde não a via há muito tempo. Aquele caminho que, no nosso primeiro encontro fora decorado por ipês de inverno, e no último, por uma chuva invisível e uma esquecida loja de antiguidades.

Talvez, pensei eu, quando meus olhos não a olhassem mais, regressaria para meu vagaroso e rastejante trajeto, com as roupas ensopadas pela chuva que resolvera aparecer naquele dia, sem sua presença. E então tomei uma decisão radical: não tiraria meus olhos dos dela, nunca mais.

Mas pudera eu; a vida segue, sem sentido, sem gosto, sem vontade.

Onde estaria ela?

Eu tinha tantas coisas para dizer, contar, perguntar...

[Lembranças da terapia]

Algo sobre não existir.

[Monólogo]

Encontrei-me num ônibus de bancos amarelos, como meus olhos gastos de favos amadurecidos (mas isso foi há um tempo atrás).

Conversamos sobre muitas coisas e lembramos de momentos que estavam empoeirados e lançados às traças. Algumas poucas coisas conversadas eram realmente interessantes, tantas outras apenas preenchiam o vazio que havia entre as conversas (porque o vazio trazia saudade).

E aqueles momentos lembrados limparam-se do pó e lançaram-se aos traços.

Daquela tarde trouxe apenas o ar respirado.

O que sobrou dele quando expirado dos meus pulmões.

[Histórias sem fim]

O meu problema era sobre não esquecer.

Sobre lembrar-me de cada detalhe: cada gota de chuva que caía no fundo, cada intenção naqueles olhos machucados — olhos que refletiam a alma. Lembrava-me de cada gesto, cada palavra, há milhares de quilômetros, ou centenas de dias.

O meu problema era sobre as histórias nunca terminarem, mesmo que eu morresse dezenas de vezes. E se eu fosse protagonista de minhas próprias histórias, estas continuariam sozinhas, buscando um novo adoecer. Nunca, porém, caindo no almejado estado do esquecimento.

O meu problema era que vivia um *game of thrones* após o outro.

[Natal]

O céu chovia pedaços de cinza.

O frio implorava que eu voltasse, fosse lá de onde eu tivesse vindo; e aquela paisagem quase monocromática não motivava meus olhos a continuarem abertos.

De alguma forma me arrastei até aquele largo que, embora o ano todo fosse vazio e sem vida, agora preenchia-se de luzes natalinas.

Aquelas canções que me lembravam os filmes e seus natais de noites solitárias, afundadas em neve, corais de seis ou oito idosos na frente de uma igrejinha de portas abertas e, lá dentro, um velho de barba branca e comprida sentado num banco orando para que a noite nunca acabasse.

Por infelicidade ali, naquele largo de mentira, não havia um coral de idosos. Quanto menos neve — embora estivesse estranhamente frio para aquela época do ano. Não havia nem mesmo o velho de barba branca e comprida orando para que a noite nunca acabasse — mais provável que orasse para que ela fosse embora o mais depressa possível.

Apesar de tudo ali, naquele largo de luzes natalinas, havia o frio.

E uma noite solitária.

[Narrações dementes]

Eu era um fantasma nas festas de fim de ano.

Num canto oculto sem ocupar espaço, uma anti-matéria.

Apenas os mais íntimos me notavam, e também os mais estranhos. Quando um destes chegava, rapidamente se sentava ao meu lado e ouvia minhas histórias. Todas elas.

Mas logo as histórias tornavam-se repetitivas. Doentes de Alzheimer ou coisa pior. E eu voltava a ser aquele fantasma invisível recostado num canto.

Parecia como daquela vez, com ela, sumindo aos poucos história após história.

Um pouco contagiada de narrações dementes.

Não era apenas as festas de fim de ano.

Era o ano todo.

[Ano Novo]

Encontre-se em seu ninho, protegendo quem lhe vale mais que ouro.

Não como a personificação de um muro, que protege, mas prende e sufoca. Mas como um fantasma: invisível, num canto oculto, arrastando suas próprias correntes.

Observe cuidadosamente sua face. E note seus olhos com o coração: se eles parecerem pesados, levante-se; e arraste-se até suas costas. Proteja; guarde.

Mas se aqueles olhos forem luz e felicidade, não se importe de ser invisível. Tente sorrir. E amar. Como fazem as verdadeiras assombrações.

[Sinais]

Não há duvidas que aquele dia queria me dar um sinal.

Aquela brisa doce e suave no momento do pensamento afeiçoado.

O céu como brasa respirando gotas de chuva de verão, enquanto me sentava naquele velho banco do pátio.

Os olhares de amores passados que encontrei de passagem, rapidamente o bastante para que não voltassem.

As horas simétricas no relógio digital — e os ponteiros sobressalentes no analógico.

A garoa que cessou no exato momento que desci do ônibus, que aliás atrasara os minutos necessários para que eu pudesse me sentar naquele belo e nostálgico banco do pátio.

Os centavos que faltaram e que me fizeram voltar e esperar pelo próximo ônibus.

A pena de levantar para enfrentar um dia chuvoso.

A calçada refletindo nuvens e postes de luz.

Os carros de muitas cores.

As conversas de poucas palavras.

A rua.

O banco do pátio...

Sem dúvida, aquele dia queria me dar um sinal.

Mas como tantos outros que alvejaram me dar, eu simplesmente não percebi.

[Acaso]

Quando dobrei a esquina eu não havia percebido que o acaso voltara a me assombrar.

Aproximei-me do tumulto com curiosidade, tentando esquecer aquela história disforme.

O que houve?, perguntei.

Estão dizendo que ela entrou na frente do ônibus...

Afastando as pessoas, busquei confirmar o que meu coração inflamado já sabia.

Você a conhece?, me perguntaram.

Sim. Certa vez me dissera que era eu.

"Quando certa manhã Gregor Samsa acordou de sonhos intranquilos, encontrou-se em sua cama metamorfoseado num inseto monstruoso."

[Uma última poesia]

Apanhei o primeiro livro de poesias que encontrei na prateleira.

Folheando rapidamente pude encontrar um poema curto de nome infinito, com inicial minúscula e ponto final.

Declamei-o. E não pude perceber qualquer vestígio de sorriso em seu rosto pálido.

Mesmo ali, sem mais ninguém, seus olhos estavam mortos.

Como entregasse a última oração à pessoa desesperançada, passei aquele velho livro de poesias.

E aguardei que seus olhos me envolvessem como fizeram tantas vezes.

E aguardei que seus lábios macios declamassem uma última poesia.

E nada mais fiz além de aguardar.

[O velho lago]

Sobre aquele tronquinho seco que há anos repousava defronte ao velho lago rodeado de pinus sentíamos a água escura encharcando nossas promessas.

Ela, com os olhos vazios, pensamentos bem longe de mim, não sorria ou chorava.

Eu, com os olhos em seu reflexo encantador na água transparente do lago, contava fábulas e histórias, quase todas sobre mim ou minhas façanhas de pouco interesse.

Mas ela não falava coisa alguma. Não acenava com a cabeça ou franzia as sobrancelhas de surpresa. Não sorria ao final das histórias e tampouco chorava nos momentos tristes que eu tentava descrever.

Muitas vezes, então, terminava minhas histórias pela metade.

A nossa história estava pela metade.

[O pedaço depois do final]

Notei como fechou os olhos na vã tentativa de estancar as lágrimas cadentes. Sorria de forma boba, como se risse da ironia de sua história, e logo a sua história, não ter um final feliz.

Tinha certeza que a história deveria ter terminado no encontro anterior, naquele último beijo. Mas ela prolongara-se demais.

Abriu a torneira e deixou que a água lavasse muito mais que seu rosto gelado ou suas mãos trêmulas. Não queria abrir os olhos e voltar àquela história terminada, que apenas machucava. Queria voltar àquele velho toldozinho e parar o tempo, como nos clichês das mais simplistas e ridículas histórias de amor.

Queria cortar o que vivia, o pedaço depois do final.

Queria cortar-se.

Abriu os olhos devagar, e levantou os olhos ao espelho.

Foi então que me vi: era eu. A história era minha.

E não estava no final. Não ainda. Bastava prolongá-la um pouco mais.

Corri. Como se corre atrás do verdadeiro final...

[Geada]

De pijama e cabelo molhado, me encontrava como se eu fosse uma novidade, ou como se há muito me conhecesse. Em sua voz falha, a esperança. E em seus olhos distantes, a saudade.

Me abraçava como nunca havia abraçado. E sorria como se fosse a primeira vez. Era novamente a primeira vez; aquela primeira vez que insistia em se repetir.

Seguíamos a calçada ao lado do parquinho. O sol batendo-nos no rosto desfazendo a geada escondida entre os lábios.

Agora podíamos falar o que por tanto tempo permanecera escondido.

Mas só sabíamos ficar em silêncio.

[Uma história de ônibus e nada mais]

No ponto de ônibus o frio me faz invisível.

Na ausência de corpo quente e bem-estar, sou nada mais que um punhado de lembranças arremessadas ao vento gelado. Nem parece que há minutos atrás ela era eu:

Apoiada com os cotovelos na janela do andar de cima observava sem interesse a mancha alaranjada de nuvens no horizonte entardecido. Os olhos, buracos negros em telescópios, tão longe do presente quanto seus sonhos embolorados. Se respirava, era porque sem querer o fazia. E se gostava, ainda não conseguia entender.

Mas o vento que a todos inspira fechou seus olhos noturnos.

E ela lembrou-se de tudo...

E junto com ela lembrei eu, de cada detalhe.

Mas nos lembramos, por acaso, da mesma história?

Talvez a sua história não tenha tantos detalhes, tantas lembranças, tanto amor.

Talvez a sua história nem mesmo exista.

Seriam as histórias de ônibus imutáveis?

Ou vivia, cada um(a), a sua própria história de ônibus?

Para aquele ônibus de bancos amarelos éramos um(a) só.

EPÍLOGO

[Fim]

Vai-se o tempo sem se despedir, sem voltar seu rosto num último sorriso. Vai como se não me conhecesse, como se não tivesse me arrastado o ano todo.

E não vai só.

Leva junto um monte de coisas que agora quase não lembro. Leva junto um monte de... lembranças? Não devem ser minhas, não me lembro delas.

Vai-se o tempo sem se despedir. Leva junto um monte de...

Espera!, grito, mas vai rápido demais.

O que fiz nesse tempo todo? Nesse tempo todo que se vai? Parece que perco um monte de vida. Mas não sinto falta, não devo ter perdido nada.

Lembro de um sorriso bonito. E um par de olhos escuros como o oceano.

Vai-se o tempo sem se despedir. Leva junto... nada.

O tempo.

Esteve mesmo comigo o ano todo?

Ano?

Vai-se o tempo sem se despedir.

Leva...

Lembro de um sorriso...

E um par de olhos escuros como...

Este livro foi impresso em papel pólen 90g/m², tipografia Crimson, na primavera de 2018.